JN126290

考える

視点を変えると、違った世界が見えてくる

大江正浩
Oe Masahiro

風詠社

はじめに

「どうして？」「なぜ？」、子どもの好奇心は素晴らしい、パスカルの言葉を借りれば「考える葦」の芽生えである。

「あのアイデアは偶然思いついた」と、新しい発明・発見をした人が口にする。これをセレンディピティ（serendipity）というが、偶然のようにみえるけれど、これまでの思考努力が凝縮され、ある時ふっと思い浮かぶというのが真実である。

朝起きると歯を磨き、顔を洗い…、などのルーティンは、生活行動の中でかなりの部分を占めている。中には惰性的行動も無意識行動もある。これが、歳をとると往々にして問題を起こす元になる。小さな段差につまずくぐらいはまだいいにしても、転んで骨折したり、車のブレーキとアクセルを踏み違えたりすると大ごとである。齢が進むにつれ特に要注意。

時には意識的に自己確認するのがよいと心得る。行動も環境も視点を変えてみることが考えるコツの一つと思う。違った世界が見えてくる、そこに「気づき」がある。

◇目　次

3　人生・宗教を考える……48

Ⅱ「ヨーロッパ訪問報告」から

4 都市を考える……67

装幀　２ＤＡＹ

Ⅰ　「随想の籠」から

書かされているという感覚が好かないので、日記は書かずにきたものの、後期高齢の域に入って、何となくペンを執る気になった。それに「随想の籠」と名付けることにした。

三六年間の民生委員・児童委員や、生涯ボランティアで恩返しなどと言いながら、地域や市・区の福祉関係活動に参加させてもらううちに、折に触れ思いつくまま、エッセー風に綴ったのが「随想の籠」である。その中から、なんとかジャンル別にまとめたつもりである。心もとないまま手放すことになる。

1　福祉・コミュニティを考える

1.　身内の甘えはほどほどに

「我が親を他人に任せてボランティア」という川柳がある。自分の親の介護は派遣ヘルパーに任せて、自分はボランティアで他人の世話をしているのを皮肉ったものらしい。しかし高齢福祉社会時代、一概に非難するに当たらないのではないか。

ある意味、真実を突いたうなずける川柳だと思うのである。身内の世話・介護は、する方もされる方も、歳とともに甘えが出てやりにくいもの、なので身内の介護は他人に任せて、自分はボランティアで人様のお世話をする、という論理である。

2.　まま見受ける「紺屋の白袴」

「紺屋の白袴」という諺《ことわざ》がある。紺染めを売りものにしていながら、自分は白い袴をつけているところから、他人には偉そうに言いながら、自分のことになるとからきしダメなことなどに使ったりする。教師が他人の子を教えるのは熱心なのに、自分の子となると、思い通りにならず、できの悪い子どもができたときなどに持ち出されたりする。

しかし、世の中を見ると「身内の教育ほどむずかしいものはない」というケースをよく見受ける。息子の場合、身内意識が甘えにつながり、コミュニケーションがうまくできにくい。こんな時は、他人の力を借りて教育することも考える。息子を同業者のところに弟子入りさせ、職人修行させるのがそれ。〝かわいい子には旅をさせよ〟という諺にも通ずるものがある。

企業経営でも、身内からでは通じない提言を、コンサルタントなど外部の力を借りて説得してもらうケースもそれである。社内に優秀な人材がいて、いいことを言っているのに、幹部がとりあげてくれない。そこで外部に依頼して説得してもらうことがある。この構図を積極的に利用することも必要である。

3. 自分のことは棚に上げて

政界を引退した小泉純一郎元首相が元気で「脱原発」をあちこちで講演しているよ

うだが、こんな話をしていた。奥さんと離婚した頃、選挙に出た際に苦労したらしい。「自分の家庭を治められないのに、天下国家を治められるはずがない」とまで言われて選挙戦が大変だったという。

よく「身内のことがコントロールできないのに、人の世話ができるものではない」という言い方をされるが、必ずしもそうではないと思う。あつかましいとか、無責任だとか言う人もいるかもしれないが、自分のことは棚に上げて人の世話を焼くのも必要な時が大いにあると思う。

4. 幸せづくり

「福祉」とは「幸福《しあわせ》」のこと、広辞苑にもそう載っている。でも、世間では「福祉の世話になっている」とか「困ったら福祉に行ったらどう?」などの声を耳にする。この場合の福祉は「福祉制度」や「福祉関係機関」を指している。ということは福祉というとき、「生活保護」や「福祉貸付」など「制度としての福祉」を考える人が多いことを示している。

なので「地域福祉」に携わる民生委員は、地域住民と行政との間に立ち福祉制度の取次ぎを通して、地域住民の幸せを願う役割を担っている。つまり「制度としての福祉」は、「福祉」実現のための手段であり、民生委員・児童委員はその媒介者である。

なお、制度の橋渡しと同時に「制度」だけにとらわれず、日常生活の中で積極的に地域住民の幸せを願って活動しているのが民生委員・児童委員である。

住民みんなが幸せになる社会を目指すのが「地域福祉」であるから「健康づくり」という言葉があるように「幸せづくり」という言葉もあってよいのではないかと思う。

5．人を思いやる心

「人を思いやる心、それが〝教養〟である」と喝破した人がいる。教養は普通、物知りや頭のよい人、あるいは知性・見識がある人と理解されている。だが、それだけでは教養人とはいえない。人を思いやる心をもつことこそが「教養」の重要な要素である。

小学校の子どもの育成目標に「豊かな心を持つ子ども」という言葉があった。「豊かな心」こそが「人の心を思いやる心をもつこと」だと思う。「自己中」という言葉があるが、近頃、挨拶の中で「おかげ様で」とか「お互い様」という言葉が聞かれなくなってきていることにも、それが現れているように思う。他人を思いやる心のつながりが、真のコミュニティを形成するである。

6．いじめは防止できるか

いじめは、強者の弱者への驕りの結果として起こる。なので「いじめ」の定義は、いじめられている弱者の立場（主観）からなされなければならない。つまり、本人がいじめられていると思えば、そこに「いじめ」は存在する。

いじめがあると思われる現象があるのに、いじめている側にその認識がなく、「遊んでいる」または「ふざけている」だけと思うかもしれない。また、いじめられている側が「いじめられている」と思わなかったり、言いたくなかったりすると、いじめが隠れてしまう。それでは、客観的に「いじめの存在」を見逃してしまうおそれがある。

いじめの結果、深刻にならないようにするためには、早期発見といじめられる側の「いじめ告白」を得るための仕組み（スクールカウンセラー等専門スタッフの適正配置）を確立することが求められる。

なお、いじめの存在を発見して対応すること（対症療法）も大事であるが、いじめを根底から無くすためには、いじめを起こさせない心を育てることにある。それには、想像力と思いやり精神の学習を、繰り返しすることにある。

7．豊かな想像力を養う

人間は意識しようがしまいが、多かれ少なかれ、想像力を働かせながら生活している。この想像力（imagination）の貧弱さが人間間にトラブルを引き起こす。「こうされたら相手はいやだろう」「こうして欲しいだろう」という、想像力の豊かさが、思いやり、いたわり、おもてなしの心を生み、いじめ、争いをなくすのである。

自分がまったく同じ経験をしていなくても、自分の経験を土台にして、書を読み、小説や映画を見て、想像力を広く豊かに育てることが望まれる。だから読書は大事である。

8．高齢者政策と子育て政策を見る

「少子高齢化問題」というとき、「高齢化」の方に目を奪われて「少子化」対応が遅れ気味である。高齢者福祉のための「ゴールドプラン*」に対して少子化対策のための「エンゼルプラン*」は前者に遅れること五年。地域における福祉活動も、高齢者対応が先行したのは仕方なかったのかもしれない。

「少子化問題」が子どもを産み増やすだけが課題ではないのだが、政府は出生率低下傾向の中で、とかく子どもを産み育てる環境整備に力点が置かれたと言える。子どもの健全育成を一応は掲げているが、地方自治体では子育て関係窓口が複数に亘り**それらの関係部局機関のあいだの連携・調整が十分行われているか心配である。利用者側にとってどの窓口を尋ねたらよいかのまごつきがみられる。ワンストップサービス（総合窓口）の工夫が待たれる。

＊「ゴールドプラン」高齢者保健福祉推進一〇ヵ年戦略策定（一九八九年）「エンゼルプラン」少子化対策基本計画策定（一九九四年）

＊＊青少年局、教育委員会、健康福祉（保健所・センター、子育て支援）、児童相談所、ＮＰＯ関係団体等々

9．「子ども福祉」を包括的に解決する仕組みを

高齢者福祉に「地域包括支援センター」があるのに「子ども包括支援センター」がない。高齢者の地域におけるケア体制が万全なのに、子ども問題に対する地域ケア体制は

疎かになっていないか。高齢者対策には「小地域ネット」「安心ネット」「お元気ですか訪問活動」「認知症高齢者対応体制」等々、地域の見守り体制があり、積極的姿勢がみられるのに、子ども問題では、相談受付対応の「待ち姿勢」である。

問題が深刻になる前に対応するためには、現場に近いところ、つまり地域に発見と通告の仕組みを構築する必要がある。民生・児童委員、保健師、保育士、教諭等の組織化により、子どもの虐待、不登校、引きこもり、いじめ、非行、貧困、発達障害児等対応が中心となる早期発見・情報共有体制がのぞまれる。

子ども問題は妊婦から子どもの出産、成人まで、成長の各ステージでニーズ・課題が多様である。その点高齢者対策に比べ難しさはあるが、子どもの成長の連続性に着目して、総合的システムとして実効性のあるものにしなければならないと切に思う。

＊平成二七年「子育て世代包括支援センター」構想を発表。実効性が注目される。

10．老人は自立せよ

戦後の福祉事業（活動）は、三分野（高齢・子ども・障害）のうち、先ず「高齢者支援」から始まった。だから「年寄りは社会から護られる」という立ち位置ができた。確かに戦中戦後の苦労経験は重い。だが「だから我々はお世話してもらう立場にあるのだ」と思い込んでいる部分がありはしないか。

高齢社会では、高齢者同士がお世話し合うことが求められる。『老老介護』という言葉もある。少しでも元気なお年寄りが身体の不自由になったお年寄りの面倒を見ていくのが今の時代である。できるだけ元気（健康）を維持し、お世話されるより、お世話する側に立つ努力をしたいものである。そして、お世話される側に立ったときには、お世話されがいのあるお年寄りになりたいものと思う。

11.「語り部」は年寄りの努め

京都大学「霊長類研究所」の正高信男教授がいろんな動物の高齢化を研究していて、ほとんどの動物は「生殖機能を失うと、身体機能が衰えて死んでいく」ことが分かったと言う。動物の存在意義が「種の保存」のみとすれば、役割を終わって後は死を待つだけとなるのだろう。

ところが、子孫を残す能力を失った後でも生きている例があるという。それは象やイルカの一部でみられ、生き残る原因は「老いの知恵」だそうで、象には津波の発生を察知して種族を守った例があるという。

実はその最たるものが人間で、人間には「語り部」の務めがある。「老兵は語らず、消え去るのみ」で終わらせず、貴重な年寄りの経験と知恵は生かすべきである。社会保障費の無駄づかいにならないように健康を維持して……。

12. 障害者自立支援と雇用

日本理化学工業㈱の（故）大山泰弘社長は、重度障害者の雇用にチャレンジしているが、障害者に仕事をしてもらうには「マニュアル経営」では駄目だと言う。「人を作業工程にはめるのではなく、仕事する人毎に作業ができるように段取りをすることが大切である」と、作業器具の工夫、生産工程の細分化・単純化などを工夫することによって、障害者が活き活きと働ける環境を整えたのである。

また、人は「愛されていること」「褒められること」「人の役に立つこと」「社会に必要とされていること」を自覚できることが大切であるとも言っている。基本にある考えは、「人は、誰でも潜在能力を持っている。障害者が就職できないのは、障害者のせいではなく、企業がその能力を引き出し、発揮させられないからだ」という。全く同感！

このことは、障害者雇用の問題に限らず、全ての雇用者・経営者が心すべきことでもある。障害者自立支援法ができても、それを生かすのは「大山精神」である。

13．喜び・楽しさを共有

「病人を介助するとき、無理に相手を動かそうとするのではなく、本人の力を引き出してあげる努力をするのが本当のリハビリであると言う。それで成功した時、相手も介助者も共に喜びが沸いてくる」とは、ある理学療法士の言葉である。なるほどと思う。

喜びや楽しさは支援する人も、支援される人も同じように楽しくなければならない。ボランティアも同じで、自分だけが楽しいのでは駄目で、ボランティアの相手と共感できる楽しさと学びがなければならない。

14．「つながる」とは協働

孤立社会といわれる現代で「つながる」とは、「人と話すこと」であり「人と共に働くこと」である。そこに「コミュニティ」が生まれる。共に働くとは協働である。でも、いわゆる労働を意味するのではない。自治会の役をするのも、会合に出席・参加するのも、また近隣と一緒に掃除や除草するのも協働である。

そして、寝たきりの動けない状態になっても、近隣の人のことを思いやることは「心の協働」だと私は思っている。生きるということはそれだけ意味のあることである。

15．地域福祉と自治会の役割

自治会は日頃の活動を通じて、住民の融和と福祉に貢献している。それが自治会の重要な役割である。いろんなイベントを行うが、行うだけが目的ではなく、住民の融和と福祉（しあわせ）を推進するのが目的である。

震災時の共助の例を引くまでもなく、人は自分だけで生きているのではないことを認識する。いざというときは勿論、日頃から互いに助け合いながら生活していることの自覚が大切である。そのために、住民の心と心のつながりを求めていくのが自治会の活動である。自治会や町内会は、単なる上意下達のための組織では勿論ない。住民全体が加入し、活動に参加することが大切である。真のまちづくりがそこにある。

16. 住み替えとまちづくり

かって「住み替え理論」が盛んに言われたことがある。先ず民間の小さなアパート住まいからマンションなど集合住宅団地へ、そして待望の戸建て住宅へと住み替えを辿るのが、人生成功発展コースと思われていたと思う。

今住んでいる土地・住宅に固執して、動きたくないと考えるのは高齢者に多くみられるが、若いうちは積極的に流動性を受け入れるのが、成功発展に繋がるという考えが、「住み替え理論」のひとつの根拠でもあった。

この転居流動性がコミュニティ形成の難しさにつながった面も見逃がせないだろう。住み替え理論からするとマンションの場合、どうせ長く住むのではないからという意識が、住民のつながり意識の希薄化をもたらし、コミュニティの形成を阻害した部分があったといえないだろうか。マンションのまちづくりの難しさがここにもある。

17. 活きているコミュニティ

コミュニティが活きている地域ほど、災害時の相互支援が有効に働くという。ゲリラ豪雨の洪水の中で、一人の犠牲もなかったのはご近所の連携によるという例が報告されていた。「想定外の結果」を最小にするため、想像力を働かせ、いろんなケースを考えていた結果であろう。対策班が電話戦術で「二階に上がるよう」連絡。電話が通じない世帯には訪問して連絡したという。日頃から心のつながりができていたのである。それが真のコミュニティである。

阪神淡路大震災は、建物の壁を打ち破っただけでなく、実は人間の心や組織の壁をも取り払ったといわれる。でも、災害に遭遇しないと壁が取り払われないのでは困る。コミュニティを育む環境は日頃からの努力にかかっている。信頼関係を基盤に災害時要支援者の所在を明らかにしておくことも大切である。

18. 共存から共生へそして協生へ

「共存」は争わない状態である。「共生」は互いに依存しながら共に生きることにある。では「協生」は？　生物学的に一緒に生きるだけでなく、人間同士が協力し合って社会繁栄を求めることである。「つながり」・「絆」は共生関係である。明るいコミュニティは「協生」関係でありたい。

日頃、意識していないが、誰でも何らかの形で地域のお世話になっている。ならば、恩返しの気持ちで何らかの活動参加をという気持ちになる。

高齢や体調のすぐれない人があれば、その分の荷は快く分け持ち合うのが協生のエネルギーである。互いに協力し合って生きるという意味で「協生」を強調したい。

19. 他人なのに自分と同じと思い込む

「私たち夫婦は一度も喧嘩したことがない」という話を聞くと、うらやましいとも思うし、ホントかしらと疑わしくも思う。そもそも夫婦は他人同士が一緒になったのである。いつのまにか夫婦は一体であると思い違いをしてしまうところに問題が生ずる。まして他人の集合体であるコミュニティでは、さらなる努力が求められる。

私は結婚式をキリスト教式でしたが、誓いの言葉について、牧師さんに、注文を付けさせていただいた。普通「死が二人を分かつまで、愛し慈しみ貞節を守ることを誓う」といった趣旨の誓いをする。しかし私は弱い人間で誓うことはできない、聖書にも「一切誓うな」とある。なので「努力するか」と問われれば「はい」と答えることができるので、そうしていただいた。以来、限りない意義のある努力の人生である。（マタイ福

音書五章三四節）

20．ボランティア・マインド

私は「ボランティアとは人様（社会・地域）のために行う自発的無償の行為」と思っている。なので、地域で高齢者や子育てを支援する対人支援も、病院や福祉施設支援も、また災害地での支援も、ボランティアはすべて無償の行為であるべきである。

では、自発的とは何か。始める動機が他人に勧められて始めようが、組織の中で行われようが、喜んで積極的姿勢で行うことである。いやいやするのではボランティアと言えない。

ボランティアは自発的な無償の社会的行為であるからお礼を期待してはダメ、「〜してあげる」という姿勢もダメ。「ために」ではなく、「共に」が基本姿勢である。互いに対等…、そこに上下関係はない。「してあげる」ではなく「させてもらっている」心が大切である。活動が義務になったり、みかえりを期待したらボランティアではなくなり、仕事になる。

私はこのボランティア・マインド（精神）こそが「コミュニティづくり」「まちづく

り」の基礎になるものだと考えている。

21. おせっかいは美徳?

「大阪人のおせっかいは美徳でもある」といった人がいる。大阪には気さくで明るい風土のイメージがある。そこから連想するのかもしれないが、美徳とまでは言い切れないだろう。おせっかいの本来の意味は、頼まれもしないのに余計な世話を焼くことを言うのだから。

親切心とおせっかいは紙一重だともいう。それは受け取る側の姿勢にもよる。「要らないおせっかい」という言い方もあるから、必要なおせっかいもあるという理屈だろうが、おせっかいも時と場合、要はタイミングの問題なのである。民生委員活動の場合も、不幸な事態が現れる前に、求められる行動にかかるタイミングの問題に通じる。

22. 分譲マンションにおける自治会の役割

分譲マンションでは、共有財産管理のための「管理組合」とは別に、自治会が結成されるケースが多い。管理組合に自治活動理事を設けて、活動することも可能だが、自治会活動の多様性・集中的繁忙性から自治会を別に設けるのが賢明である。そこで自治会の任意加入制が問題になる。

管理組合は共有財産の管理が任務だが、財産は住民（人間）と切り離してはあり得ないわけだから、人間の管理（協力）が無ければ適切な財産の管理ができない理屈である。それには、住民の融和が必須であり、夏祭りなどのイベントや、各種のクラブ活動を行う自治会活動が有効である。

経年に伴い、当然区分所有者以外の住民（借家人など）が生ずるが、区分所有者と同じように住民として「共有財産」を利用して生活するのだから、等しく自治会に協力する義務があると考えるのが妥当である。結果、全世帯自治会加入が実現する。

ただし、具体的活動参加などについては強制ではなく、高齢その他個々の家庭事情等が考慮され、相互理解の上に立ったものでなければならない。

23．真のコミュニティ復活を！

町内会組織は、大政翼賛会下で戦争に加担した理由で戦後ＧＨＱによって解散させられたいきさつがあり、また産業・流通構造による激しい人口移動を背景に、町内会（自治会）の弱体化をまねき、地域社会の人と人との心のつながりの希薄化を生んだ。

昔からの祭りや講などを継承しているゲマインシャフト的結合性のあるまちは別として、新しいまちや、激しい住民移動によって、まちの統合性確保ができにくくなっている。自治会の加入率が大きく低下してきているのがそれを物語っている。

災害国日本にとって、自助、共助、公助を支える真のコミュニティ構築を目指し、親睦と福祉を実現する自治組織は、大きな役割が期待されている。但し運用は信頼関係と相互理解の基に行われるのが基本である。

2 健康・病気を考える

1. 子ども安全見守り活動と健康

大阪教育大学附属池田小学校事件（二〇〇一年）がきっかけで、校区内の子ども安全見守り巡回を続けている。始めた頃は「見守ってあげている」姿勢だったが、近頃は「させてもらっている」感覚である。というのも、ほぼ毎朝の見守り出動は、健康面でも、生活リズムの面でもプラスのルーティンとなっていて有難いからである。

五階住まいの階段上り下りも、他人は「エレベーターが無いので大変ですね」と言ってくれるが、五階だからこそ脚力が維持されていることを考えれば、感謝の気持ちになるというものである。

2. 栄養バランスの取れた摂食

戦時・戦後育ちの私は好き嫌いなく食べる。有難いと思っている。高齢になるほど摂取カロリーを控えるのが、健康維持にとって大切だという研究があるというので、「健康は腹八分目」を努めるようにしているつもり。だが、健康は言うまでもなく食事の量だけが問題ではない。

健康長寿の三本柱は、栄養バランス、体力維持、社会参加と心得る。動かないことには筋力と共に免疫力が低下する。社会参加はかならずしも社会貢献を意味しない。人との接触機会をもつことである。それが認知症予防にもなる。運動を含め活動の低下が食欲減退を招き、筋力の低下、老化を早めるという悪循環パターンを阻止することが大事である。

3. 健康管理も災害対応と同じ

防災意識を高めるための四字熟語、これは健康管理にも当てはまる！

①油断大敵：他人の病を知ったとき自分は大丈夫だと思わないこと。明日はわが身と思って謙虚に日常生活を。

②用意周到：日常の食事・栄養バランスに配慮、そして運動。健康診断を年一回は実

施。

③臨機応変：病変やその兆候があったら慌てず、甘く見ず、医者へ。緊急の判断が必要な時もある。

④自己責任：自己判断と行動、医者の注意、病気経験者の話に耳を傾けることが大切。

4．病気をしたことがない不幸

ある懇親会の席で健康の話になって、誰かが「今まで病気を一度もしたことがない」と言ったのに「それは不幸ですね」と、思わず言ってしまった。普通は「それは幸せですね」とか「うらやましいですね」とか言うところである。この発言に、みな一瞬戸惑った風だった。

でも、病気になって初めて気づくことがある。「健康のほんとうの有難さ」「人の親切」「深い感謝の気持ち」「人への思いやり」「自分の驕りへの気づき」等々。病気は健康なときにはない気づきがある貴重な機会である。そんな経験ができないのはある意味不幸でもある。病気による挫折経験が、苦難を受け止める能力を授けてくれる。これは病気の大きな贈り物であると私は思っている。

5. 健康のありがたさは病気してわかる

大島渚監督が、平成八年二月フランスの空港で倒れられたとき、夫人の小山明子さんは、直ぐに迎えに行けなかったことで自分を責め、更に看護疲れが重なったりして、大変な苦労をされたという。普段、家事をあまりされないし、女優業で近所付き合いがなかったところに、ご主人が入院、加えてお手伝いさんの入院が重なり、初めてゴミ出し経験をされることになった。それがきっかけで、今まで付き合いがなかったご近所のありがたさを味わったと述懐されている。小山夫人は、ご自分でも言われるが、素晴らしい宝物を手に入れられたと思う。健康のありがたさは病気を経験して分かる、挫折と苦しみを乗り越えたとき貴重な気づきを経験する。

6. 自然現象の老化と仲良く

八〇歳を過ぎてめっぽう「記憶力」が悪くなった。「記銘力」もさることながら「保持力（把持）」「再生力（想起）」の老化がひどい。以前は、俳優やタレントの名前もパッと口にすることができたが、最近はとても想い出せなくなった。足の衰えもそう。

エレベーターの無い五階住まいなので、二・三日外出しないと、帰りの上り時には敏感に感ずる。声がかすれるのは軽い声帯ポリープのせいとわかっているが、疲れたときは発声が特にひどい。宴会カラオケは員数外としてくれているのは好都合なのだが。

加齢が進むにつれ、何かと故障が出てくるのは当然で、いわば自然現象なのだから、少しぐらいの不具合とは仲良く暮らすのが賢明と心得ている。

7. 多病息災またよし

「無病息災」という言葉があるが、私は「多病息災」もまたよしと心得ている。歳をとると、経験する病名も増える。「よく働いてきたから少し休んだほうがよいよ」との声が聞こえる。病と仲良く生きるのもまたよし。

体調がよくないからと、気にし過ぎるとストレス君が喜んで忍び寄ってくる。無頓着なのもいけないが、病気を友としてのんびり生活するを良しとしよう。こんな時は美空ひばりの「川の流れのように」の心境も。

8. 病気をカミングアウトする意味

かなり昔の話だが、私が痔の手術で長年の苦痛から解放された話を、人に打ち明けているうちに「自分も痔で悩んでいる、いい話を聞かせてもらった」と感謝された経験がある。

病気は自慢する必要もないが、隠す必要もない。一般に病気経験を隠したがる傾向があるように思うが、大いにカミングアウトするのが望ましいと私は思っている。話すことで、それを聞いた人にとって貴重な情報として役立つからである。

病気の症状、治療方法などの情報交換によって、早期発見や、適切な対応につながることも考えられる。セカンドオピニオンも大事だが、知人・友人間での病気に関する日頃の情報交換も疎かにできないと思う。

9．病気に勝つには免疫力の強化

彦根市立病院の緩和ケア部長は「心の治癒力」を引き出すことを主眼とした治療実践に取組んでいるという。西洋医学は病に着目し人間を見ないが、東洋医学・漢方は「身体の治癒力」を引き出すよう仕向ける。なので「心の治癒力」を強調しガンも心の持ち方で治ると彼は主張する。病はストレスが背景にあって症状が出るという。

病気は文字通り気の病とは昔から言われていることである。だから治癒のためには、患者ごとに違う対応が求められるべきなのかもしれない。要するに、病気になったら、頑張らず、といってあきらめずに、心を平静に保ち、自身の治癒力をうまく引き出すことが大切だということだろう。心の安定が免疫力を高めるのに役立つというのは納得である。

10. 何より生活習慣改善による免疫強化

発病又は病の兆候が現れると、医師の診断を経て薬か手術かと考えるのが現代医学である。近年「生活習慣病」が言われている割に、まずは生活習慣の改善で対応しようということにならないのはどうしてだろうか。

健康維持の3大条件、食事（栄養バランスと健全代謝）、運動（筋肉維持と免疫力強化）、睡眠（静養・ストレス解消）で、先ずこれ等への配慮・改善が第一である。つまり、薬よりも日常生活の問題点の改善をアドバイスする方が有効であることが多いのではないかと思う。

健康寿命改善は、安易に医薬品やサプリメントに頼らず、先ずは生活習慣の改善努力にかかるべきと思うのだが。しかし、生活習慣の改善を言うだけでは、患者が薬を欲しがり納得しないし、薬品業界は儲からないか…。

11．安静療法について（1）絶対安静の疑問

私の病気史は、中学二年の結核性湿性肋膜炎で、絶対安静の三ヵ月間自宅療養を過ごしたのが始まりである。当時、結核は化学療法が行われ始めたとはいえ、まだまだ不治の病と言われていた。事実、身内を肺浸潤で亡くす悲しい経験をしている。

寝たままの三ヵ月静養の結果、尻の筋肉が削がれ、椅子に座るのも辛かった記憶がある。完治したわけでは無かったが、学校から「これ以上休んだら留年になる」といわれて復学した。

その後大学時代に肺結核に進行。学園では、結核患者仲間が立ち上げた「保健友の会」のお世話になる。この友の会は、患者仲間が授業の合間に静養できるベッドルームを確保するなど共助活動をしていた。人工気胸や胸郭成形した仲間もいるが、明るく互いに思いやり支え合う素晴らしいグループだった。この仲間からの紹介で、ある電気治

療に遭って、絶対安静治療に対する認識が変わることになった。

12. 安静療法について（2）筋肉維持が重要

紹介された電気治療は、一室に枕を並べた患者各自が電極を持って自分の患部に当て、背中に敷いた電極板からシリーズ（連続）で次の患者につながるユニークな方式であった。私の治療は主に左上肺空洞部が中心である。治療は電気チャージと言っていたが、私の見立てでは、患部周辺の筋肉をバイブレーションで強化することで免疫力を高めているように思われた。言わば体力に負担を掛けずに、しかも筋肉を強化している感じ。チャージは一回二時間、午前、午後、夜の一日三回を、ほゞ三ヵ月継続した。三ヵ月目の断層写真で空洞部縮小傾向が見られたのは喜びであった。この治療の特徴は絶対安静の放棄であり、チャージ中の横臥以外は通常の日常行動で、一ヵ月後にはかなりの散策や自転車で遠乗りする生活となった。

有難いことに、私は半年後には健康体で日常生活を取り戻し、さらに半年後には就職することができたのである。

13．笑いは病気治癒を促進

高柳和江氏は小児外科医で「笑医塾々長」である。笑うことで自然治癒力を高めようと提唱している。「一日五回笑って、一日五回感動しよう」と言い、笑いが免疫力をアップするという。確かに笑いと感動は、人間の健康と若さを保つ泉とはよく言われることである。

以前、私の住む区のボランティア・フェスに講演に来ていただいた中村メイコさんから頂戴した色紙に「朝いちど、夜にもいちど、にこっと笑ってみよう」とあった。メイコさんも笑顔を実行しておられるのであろう。

笑顔を伴う穏やかな生活は、健康の最大の敵・ストレスを寄せ付けない。せめて心穏やかな日々を過ごしたいものである。そこに平安がある。

14．長生きすることはいいことなの？

いつごろから長生きすることは良いことだ、という考えが定着したのだろうか。人の死は定められた寿命として受け入れられていた時代があったのではないだろうか。

「長生き」はいいことなのだろうか。長寿社会が進む結果、企業など社会組織や社会保障制度にひずみが生じてくるのは当然である。

近頃は、ただ長生きするだけではいかんと、「健康寿命」の概念が持ち込まれ、平均寿命と健康寿命の差を縮めることが提言されている。これが真っ当なありかたと言えよう。生命科学や医療は平均寿命と健康寿命の差を縮めるためにあるもので、ただ長生きのためにあるのではないはずである。

15．長生きは本当に望ましいことか

世の中こぞって「長生きしよう」「長寿社会を目指そう」と大合唱だが、本当にこれでいいのだろうかと思う。「長く生きるのではなく、どう生きるかの方が問題なのではないか」ということで、後期高齢者の課題を挙げておきたい。

医学や生理学が病の苦痛からの解放を通して長寿化に寄与してきたが、本来単なる長寿が目的ではなく、健康を基礎としたＱＯＬの向上が問題なのだということ。幸せ感こそ求められなければならないのではないか。

むやみに死期を延ばすために延命措置を施すことの不条理については理解されつつあ

り、リビングウィルや尊厳死が議論されるようになって、いい傾向である。しかし、医師や家族による臨死期の意志決定が難しいからと言って、短絡的に法規制に頼らず、市民の理解の落ち着くところを待つべきと私は思う。

16. 医学の進歩と治療の狭間

私は、一九九五年に第一回、二〇〇七年には二回目の早期胃がん手術をした。以来毎年経過観察をしてもらっている。異常なく経過順調である。しかし平均寿命を大きく超えた今（八八歳）、個人的には経過観察はもう要らないと思っている。検査費用は一割負担だから、どうと言うことないのだが、大学病院の研究と経営の立場からはどうだろう。毎年、内視鏡観察をすれば、経過データの集積や若い医師の技術経験にも役立つだろう。患者の立場からお世話になった医学の発展のために、どこまで協力すべきかを考えてしまう。

その後、胆嚢炎で一週間入院した際には、経過は良かったが、「このままでは再発の可能性が高いから、胆嚢を取った方がよい」と医師に強く手術を勧められる。案の定、二年後再発。しかし高齢を考えて、手術をせずに、食習慣でコントロールする方を選ぶことにした。

17. 日本のBMI基準は大げさ

なぜ日本人はＢＭＩを気にするのか不思議だと米国人は言うそうだ。日本人にはメタボはいない、いても多くないから問題ないという。米国でも、国際的（ＷＨＯ）にもメタボ判定基準（ＢＭＩ）を三〇以上と設定しているのに、日本は二五以上に設定しているが、これは医薬・医療業界の謀略ではないかという。この業界の謀略には、厚生労働省も噛んでいるとも言われるが、よくよく気をつけなければならない。

ＢＭＩ以外ではどうだろう。高血圧予備軍に対して早めに注意を促すのが目的だと言うが、血圧の基準値を低めに設定して、降圧剤消費に協力しているのではないかと疑ってしまう。疾病の早期発見・早期治療の名の下に、各種健康基準値が医薬・医療業界の利益に沿うように決められていないかの視点も欠かせない。

18. 血圧は何の指標か（1）

「血圧の高い人は脳梗塞になりやすい」とか、「高血圧は脳梗塞や心筋梗塞を起こす原因である」ということが、医師や学者の共通認識となっているように思う。しかし、この命題は正しいだろうか。脳梗塞や心筋梗塞になった人を調べたら、血圧の高い人が多かっただけなのではないか。因果関係は間違っていないか。血圧の変動は何らかの「身体的異常を示すシグナル・症状」と理解するのが正しいのではないかと思うのである。

例えば、体温が平常より高く、風邪と判明した時「熱の高い人は風邪をひきやすい」とは言わない。高熱は何らかの病気の兆候、つまり結果であり、発熱の原因を探り、その病原に対応する必要がある。同様に、血圧が高いからといって、直ちに降圧剤を与えるのは、発熱した人に即、解熱剤を与えるに等しい。発熱の真因を追究して対処しなければならないのに、かえって病気をこじらせる結果にならないか心配である。

19. 血圧は何の指標か（2）

高血圧の原因は、実は九〇%判っていないという（塩分、喫煙などは予防要因であって、ここでいう原因ではない）。真の原因が判らないのに、血圧降下剤が出される。副作用の可能性も教えられないままである。

血圧異常の原因（肥満、動脈硬化、心因性疾患、腎性等内臓疾患等々）の精査がないまま投薬しているように思う。ヒトの生理的機能が、自律的に末端まで必要なだけ血液を送れるようにと、血圧を上げて血流を維持してくれていると考えると、むやみに降圧剤を投与しては、結果的に副作用リスク（例えば、脳や手足の末端機能の衰退、記憶力低下や認知症促進等）で面倒なことにならないか心配である。

これは医学素人の私の素朴な疑問であり、仮説である。「血圧が高いと脳卒中になる」と、安易に血圧降下剤が勧められているように思う現状に、どうも納得いかないのである。

20. 診療科の細分化と統合

消化器と泌尿器科のお世話になっている私は、内科の先生に「泌尿器科の私のカルテを見ることがありますか」と尋ねたことがある。大学病院などではいつでも同一患者の電子カルテを見ることができるのだが、答えは「忙しくて担当以外のカルテを見ることはないですね」であった。

医療界に「病気を診ずに人間を診よ」という言葉がある。精神も含めた人格を見つめる医療が求められるのだが、医療分野は細分化・専門化され、人間総体をどこかに置き忘れられていまいか心配である。単なる診療科標榜の問題ではなく、臨床での研究の在り方によって、もしかすると顕微鏡下では発見できない、自分の担当診療科と関係がある病原（と言っていいかどうかわからないが）が見つかるかも知れない。

21　いつの間に八〇歳越えに

次男が生まれたのが私が四二歳の時である。従って次男が成人する時は、自分が六〇歳を超えることになる。殊勝にも「子どもが二〇歳に成長するまでは親の責任」と考えていた私としては、それまで生きられるだろうか」と考えた記憶がある。私の父は六〇歳で他界し、母の享年は七〇歳である。

私は普段、歳を忘れて過ごしているが、何事もなく平均寿命を大きく超えている。感謝であるとともに、不思議な感慨を覚える。これでいいのだろうかと自問自答の日々である。

22. 平均寿命超え年寄りの立ち位置

まとまった買い物をするとき、あと何十年も生きるわけないのだからと、残存寿命を考えて買うかどうかを判断するようになる。死後に残しても使ってもらえないものにお金をかける必要はないという経済意識が働くわけ。

例えば、この歳（八〇歳超）になると、健康診断も今さらやっても仕方がないとも思う。平均寿命を超えたら稼いで社会保険料を支払う方に回るか、社会保障費を消費する方に回るにしても、些かでもボランティアで社会貢献をしながら、医療や介護保険を使わず、若い世代への負の遺産を縮小する努力が必要と考える。どっちの立場にたつか、平均寿命超えた年寄りの立ち位置の問題であろう。

23. 過剰な衛生配慮の問題

平成七年（一九九五年）に、バリ島観光旅行者にコレラ患者が爆発的に発生したことがあった。患者（二九六人）は日本人だけで、なぜ日本人だけだったのかが問題になった。日本人は清潔な環境に生活していて免疫力が低下しているからだろう。あるいはコレラ菌は酸に弱いが、胃酸の分泌が低下している人たちだったのではないか、との見解もあった。

その頃、仕事で滅菌・抗菌製品のテーマに些か関係していて、過剰な衛生環境改善もほどほどに考えるべきではないかと議論していたときだったので記憶に鮮明である。医薬品分野もそうだが、化学の研究発展は奨励はされても、研究結果を実生活に適用するときには、慎重・厳粛な姿勢が求められる。

3 人生・宗教を考える

1. 役割演技に徹すること

終戦まじかの頃、私が通う工業学校の機械科工場は、鍛造・旋盤実習もままならず、殆ど軍需工場化していて、「末は少年兵志願か徴兵か」が当時の心境であった。それが終戦と同時に価値観が一変、社会科の先生が教壇でまごつくのに反し、生徒会は戦時疎開で都会の空気を持ち込んだ生徒を中心に、部活動が活発化していった。映画演劇部もその一つで、男子校だった我が校は、女子高の応援を受けながら、秋の文化祭を目ざして演劇の稽古に励んだ。

稽古、本番と繰り返すうちに、「人生も芝居と同様、自分の役割を究めながら、演技に徹する舞台そのものではないか」ということを学習していた。つまり、人生も芝居も登場人物の共同作業であり、自分の役割をどう表現するか追究しながら生活することにある。互いに支え合いながら、自分のなすべきことを果たしたか、また果たしつつあることを自覚するときに「生きがい」の実感に繋がるのではないだろうか。

2．人生の役割を考える

日本人が世界で最も役割意識が低いというニュースがあった。いつのデータだったか「家庭での役割意識がない」という人は、アメリカ・スウェーデンが三～四％なのに、日本は二〇％強と高かったという。もしテーマを替えて、人生における役割意識を調査したらどんな傾向になるのだろう。

自分は何のために生まれてきたのか、何のために生きているのかを考える必要はないのだろうか。「役割意識」を「存在意義」と言い替えてもよい。自分の存在する意味を自覚しているかどうかである。世に存在する植物・生物・動物・物、そのすべてに存在意義・役割があるとしたら、自分の存在意義・役割は何かを知ることは、人生一生のテーマである。

3．企業の社会的責任

どんな企業でも規模の大小に拘わらず、会社としてスタートしたら、社会に対する責任が生ずると自覚すべきである。会社を経営する責任は、一般にステークホルダー（利害関係者）に対してあると言われるが、中でも自分の家族や従業員の生活に直接懸かっているから、どうしても売上成績重視になる。言えば当然である。

しかし、会社は単に収益を上げるだけが目的ではなく、自社が提供している商品・サービスが直接・間接に、人々の生活にどんな意味を持つかを考えて行動することが望まれる。収益はそれらが支持された結果として齎されるものである。企業が法人格を持てばさらに社会的責任が重くなる。経営者はそれらを含めて自覚し、企業理念を掲げて努力することになる。

4．日本の役割論

国家安全保障政策と関連して、憲法第9条を基礎とした専守防衛の見直しが論議される。この論議を見ると、真の意味で世界の中での日本の役割は何か、について深い洞察がなされないままに議論されていることに気がつく。

酷いことに、日米同盟の強化が最重要課題という名の下に、「集団的自衛権」に踏み出そうとしている。国家間の争いを友人の喧嘩に例えて黙ってみているわけにはいかないから加勢すると言う論理である。かと思うと「戦争に巻き込まれたくない」「とばっちりはごめん」とばかり、事なかれ主義の声もあって問題である。

私は、日本の歴史と国民性、そして日本に対する国際的評価を念頭に、積極的平和主義の立ち位置を明確にすべきだと考える。単純な融和主義ではない。不本意だけれど、防衛力は戦争抑止力として、しっかり持つ必要がある。つまり「槍」ではなく、「盾」として持つのである。

そこで日本の役割と根拠を次にあげる。

1　我が国は第二次大戦で過ちを犯し、敗戦を経験した（貴重な経験である）。
2　世界で最初で唯一の被爆国・原爆体験国である（この経験は極めて重い）。
3　戦争放棄の世界に誇るべき憲法を持っている（手放すべきではない）。
4　専守防衛の精神を貫き、平和のため努力し世界に貢献してきた（この七〇余年の実績は揺るぎない）。
5　戦争に加担せず、人道的支援の下、世界から平和国家の評価を得てきている（この評価は重い！）。

6　多様な宗教を受け入れ、日本で豊かに育くまれてきている（貴重な歴史である）。

7　どの民族（文化）をも受け入れる国民性がある（基本的に融合を受容する素地がある）。

このような背景・特徴を持つ国は他にない。この自覚に立って、積極的平和主義を貫くべきである。どんな争いにも、どちらにも組せず、日本こそ全ての国に信頼され、その間を繋ぐ絆の役割を果たさなければならない。

5．武器商人になるな

武器を作ったり、販売する行為は戦争を売る行為とイコールである。武装することは抑止力になると言うが、銃社会のアメリカを見よである。抑止力どころか安全が保障されない、安全安心の無い国となっている。人間は武器を持つとそれを使いたくなるのは歴史が物語る。

武器の性能が向上するにつれ、古い武器を新しいのと取り替えたくなるのが当然で、古い武器を消費するために使う機会を探り、戦争を創り出す。あるいは捨てるのはもったいないと、古い武器を新興国に売り込む結果、それらの国では戦禍が絶えないし、新たな紛争を生み出している。武器産業を無くさない限り世界に平和は来ない理屈である。

日本は最低の警察力を持って、平和を売り込む国に徹することが、世界の中の日本の存在使命であることを認識すべきである。

6．誰が作ろうが良いものは良い

日本国憲法は、我々日本人が皆歓びと誇りをもって獲得・守り、全世界が驚きと希望と期待をもって迎えた規定である。「占領軍に押し付けられたものだから、作り直そう」という声が聞こえるが、一歩譲って草案作成が自分たちの手によるものでなくても、客観的に内容が良いか悪いかで判断すべきである。良いものはよいのだ。電気製品や生活用品を、自分が作ったものでないから使わないとは言わないだろう。

日本人（国）は、武力による争いを放棄し、真の平和のため全力を尽くすのだと、誠意を持って繰り返し全世界に宣言して行くべきである。

7. 地球のひだ

旅の車窓や小高い丘などから眺める景色が好きだ。カルデラのような、町や村をとり囲む黙々と横たわる山々、地球や島が生まれたときのしわなのか、その姿は人間に懸命に語りかけているように思う。その声に耳を傾けたい。川も海も。そのひだの形と歴史を思えば、人間の営みは如何にちっぽけなものかを感じる。地球は何億年、何十億年前から活きているのである。全ての自然現象は地球の呼吸であり、生の鼓動である。地球は生きている。それは、地震・津波であり、竜巻、マグマの噴出に現れる。

8. 虫の動きの神秘

読書の秋の夜、本を開いていると小さな虫が這っている。静止していたら糸くずでしかないのだが、なんという精巧にできているのか。思わず見つめてしまう。一見細い足と頭しかないように思う。ロボットの研究がどんなに進んでも、これは創ることができないだろう。命とはなんと神秘なものであろうか。四季を彩る木々・草花、我々に癒しをくれる諸動物…、生命の神秘を思い、神の御手を感じないではいられないのである。

9．川のように

美空ひばりの歌に「川の流れのように」がある。歌詞・曲ともに、いかにも水面に漂うように歌が流れる。〝ああ、川の流れのように、おだやかにこの身をまかせていたい〟とかくこの世は思うまゝにならないことが多い。物事にこだわるあまり、ストレスが忍び寄ってきて体調をくるわす。そんな時そらを見上げて雲の流れを見るのもよい。そういえば、禅の坊さんは「行雲流水」と言った。

自然の成り行きに任せて、ものごとに執着しない達観の境地をいうのであろうが、そこまで達するのは無理でも、ときには川の流れに任せる心境を経験するのもよい。

10．ほぼ一年で細胞が入れ替わる？

人間は約三七兆個の細胞から成り立っているそうだが、その細胞が日々入れ替わっていると言う。教科書で、毎日食べる栄養は体内で燃えてエネルギーに変換していると、代謝としてざっくりと教わってはいる。ところが細胞の破壊と再生が同時に行われているというからややっこしくなる（福岡伸一教授はこの状態を動的平衡という）。

さらに、体の構成部位によって細胞の寿命が違うが、約一年もすると全部の細胞が入れ替わる計算になるのだそうだ。いわば一年前の自分と今の自分は別人だと言うことになるのかな？　それにしても記憶や意思・思想はどんな仕掛けで引き継がれるのだろうか。まさに不思議で神秘な現象がヒトの身体で行われているのだ。心身ともに日々新たに生きたいものではある。

11.「パンドラの箱」を怖れる

医学部に進んだ友人が「最初の解剖実習」に、人体の器官や機能に驚き、崇高なものを感じたという便りをよこしたのを今も鮮明に記憶している。クリスチャンで良心的な彼は、物としての肉体以上のものを実感し、畏敬の念を覚えた告白だったと思う。

生命科学研究の発展で、医学・医療が進歩し、不治の病も克服される方向へと向かっているのは非常に喜ばしく思う。しかし一方、遺伝子情報の究明が進み、遺伝子操作（組み換え）や出産前診断などが行われるようになり、生化学素人の私でも危うさを感じないわけにはいかなくなった。科学の進歩の結果が、「パンドラの箱」となって原子爆弾や、不幸な原発のようにならないことを祈るのみである。

12. なぜ生きる

「なぜ生きるのか」という問いを、人に簡単に投げかけてはいけないと思う。と言うのも、この問いに真剣に対峙しようとすると、藤村操（華厳の滝）の巌頭之感にあるように人生「不可解」と言って、死を選ぶことになりかねないからである。幸いなことに、大抵は彼のように深刻にならずに済むように、緩めてくれる仕掛けが人間には用意されているように思う。享楽、忘却、献身、愛、等々である。しかしいずれは「生かされている」という実感を伴う、感謝の時の訪れが期待される。「求よ、さらば与えられん」である。

13. 生きる意味は

「ロゴセラピー」という精神療法がある。創始者はヴィクトール・フランクルで、ナチスの収容所での経験をもとに生まれたと言われる。「生の意味」を見出すことによって心の病を癒す療法である。「ロゴ」つまり「意味」を知ることが人生にとって大切であると説く。

すべてのこと、すべての存在・現象に意味があると、私は考えている。なので、病気も、苦難も、行動の結果生じた不幸も、その意味を正しく知ることが可能なら、全てのことがプラスとなり得るのである。ということは、「反省」はあっても「後悔」のない人生となるのであろう。

それは聖書にもあるように〝すべてのこと相い働きて益となる〟（ロマ書八・二八）ことを知るからである。生きる「意味を知る」ことは、生きていることを確かなものにしてくれる。

14. 苦難の意味

苦難を扱った世界文学の最高峰と言われる旧約聖書の「ヨブ記」にあるような苦難（家畜、しもべ、そして息子と娘たちをも一度に失い、更にヨブ自身が全身悪性の腫れ物で苦しむ）は、世にまれにはあるかもしれないが、ヨブ記が問題にしている苦しみは、永遠に関わる苦しみであった。

キェルケゴールの言葉を借りれば「地上の悩み苦しみ、病気、不運……といったものは、それがどんなに耐えがたく苦しいものであり、『死ぬよりつらい』といったとしても、キリスト教的な意味での『死に至る病』ではない」のである。

絶望の先は自己義認への道をたどる。そうしなければ生きていけないからである。では、自殺はどうかというと、バルトが言うように、まさに自己を絶対化する行為そのものである。当に自死は他者に聞くことをしないで、自己の内側だけで解決しようとする現れで、自己の絶対化に通ずるのである。

ヨブも「絶望だ」と言った直ぐあとに、「わたしは義とされることを自ら知っている」と言う。確かに彼は、神の前に正しい人であり、その点では彼の右に出る者はなかった。だが「彼の義は人の子にかかわるのみ」だった。

苦難の意味は、いろいろ説明できる。だがその苦しみを通して神に出会うことに意味がある。キリスト教の信仰は、神からの問いかけによる、神との対話によって始まるのである。

ヨブは神から「あなたは私（神）を非とし、自分を義としようとするのか。あなたは神のような腕を持っているのか」などと質問をたたみかけられ、最後にすべてを神にゆだね、神の義を与えられる。

15．寺田寅彦の詩の世界

寺田寅彦の「詩と日常の世界との関係」を述べた文に感動した覚えがある。少しまとめて引用させてもらう。「日常生活の世界と詩歌の世界はガラス一枚で仕切られている。このガラスは曇っていることもあるが、小さな穴が一つ開いていて、そこを通って二つの世界を行き来することができる。終始行き来すると穴は大きくなるが、暫らく出入りしないと小さくなる。この穴の存在に気がついている人でも、肥りすぎて通れない人もいる。貧乏したり、病気になったため通れるようになる人もいる。きわめて稀に、焔でこの境界のガラスを熔かしてしまう人もいる」。

この表現は、まさに日常生活と宗教の世界との関係を示すものと全く同じで、「その通り！」と私は思わず頷いたのである。

16．自分を導いてくれるあるものに

近況を尋ねられて「元気に過ごさせて頂いている」と言ったとき、「させていただいているなんて、へりくだる必要はないじゃないか」という反応がある。相手に対する

単なる謙譲表現とみればその通りだが、「～させていただいている」という時の相手が、実は自分を導いてくれている見えざるもの（神）なのだと思う。或いはお天道様であり、仏様、ご先祖様なのである。

挨拶に「おかげさまで」というときも同じで、相手から何もしてもらっていないとしても、その心が大切なのである。それは、宗教を信じていない人でも、自然に口に出るところに深い意味がある。

17. 宗教・宗派の対立はなぜ起きる

宗教・宗派の対立が、紛争から戦争へと発展する。我々こそは正義だと主張して譲らないからだが、神の名の下に「我は正義だ」と主張することは自分の信仰が偽せものだと言ってるようなものである。なぜなら宗教（信仰）の世界では、神以外に義はないのだから。

信仰の世界で義を主張するのは、神に対する冒涜でしかない。人間の世界の正義は相対的なものでしかない。人の義で自分を律するのはよいが、他を裁いてはならない。話し合いによる譲り合いがあるのみである。現実世界には「絶対」正しいものは無いことを銘記すべきである。

18. ペシミズムとオプティミズムの同居

「あれかこれか」と極めて短絡的に決めてしまうことが如何に多いか。「あれもこれも」を止揚して新たな上位の発想を会得することが大切ではないかと思う。いわば弁証法の論理であり、等価交換理論の実践でもある。

如何なる現状認識・行動についても、悲観的にも楽観的にもならずに対処する姿勢が望まれる。深い宗教信仰心を持つものは、徹底したペシミストであると同時に、揺るぎないオプティミストとが同居していると言えるのでないか。そこに冷静な話し合いの可能性が生まれる。

19. 「一を聞いて十を知る」は創造発想法

「一を聞いて十を知る」という諺がある。「物事の一部を聞いただけで全部を理解できる賢く察しの良いことの譬え」と辞書にある。この認知構造は、内容の量的認識に留まらず、もっと発展的発想をもたらす内容を含んでいるように思う。

ある一つの事柄を知った時、〝知った〟だけで済まさず、即、他のいろんな類似事象に当てはめて考えるなど、類推・連想を駆使して新たな関連認識を得ることが、「一を聞いて十を識る」ことを可能にするといえる。それは創造発想法であり、等価変換発想法が基礎となっているのではないかと思う。

20. 他人の経験を経験する

「亀の甲より年の劫」とは言っても、人間一生のうちに自分が体験できることはごく限られている。経験豊かでこそできる「人生や悩み相談」などに携わる人々は、どのように経験を積み重ねてきているのだろうか。

思うに、彼等の経験は数多くの小説・文学や芸術に接し、また交友関係でのコミュニケーションから得た情報を基に、イマジネーションを豊かに働かせて熟成されているのではないか。つまり、他人の経験を経験することにより、想像力豊かに、人間の理解も深まるのであろう。だから、多くの文芸作品に接すること、特に読書は大切である。

21. どちらへお出かけですか？

都会では見られなくなったが、田舎では今も「こんにちは、どちらへお出かけですか」「ちょっとそこまで」といった挨拶が交わされることがある。外国人にとっては不思議な会話だという。行き先を答えたところで、尋ねた人には関係ないわけで、いわばどうでもいいことなんだから……。

日常的挨拶はさておき、自分の人生の行き先はどうなんだろう。誰も知らないし、わかろうともしない。なぜだろう？　もし深く考え、徹底して探ろうとすると、生死の怖さを突きつけられるからか。でもホントの意味で自分の行き先を探ることは大事なことなのだが……。

Ⅱ　「ヨーロッパ訪問報告」から

自社の社内報に連載した、一九七九年の訪欧報告の一部である。縁あってマーケティング関係の仕事一筋、そしてマンション業界団体との接点もあって、ライフワークとは言わないまでも、都市と住宅問題は大きな関心事だった。

日本の都市は、住宅行政と道路行政がバラバラで、相変わらずあちこちでトラブルが起きている。今もちっとも変わっていないなと思い、都市を考える上で収穫のあった訪欧記をここに収録することにした。

訪問した当時のヨーロッパは、ドイツが東西に分断されていた時代で、訪ねたのは正確には「西ドイツ」であるが、特に問題ない限りは単にドイツと記述した。

4　都市を考える

1．仮説を裏付ける旅行

言い古された諺に「百聞一見にしかず」がある。ちょっと理屈っぽくなるが、「一見」がものごとの一面だけを見ると、偏見になる可能性がある。むしろ「百聞」を統合した方が、ものごとの正しい理解に役立つ場合がある。しかし、もし「百聞」があって、それに「一見」を加えることができれば、更にものごとを明確に理解することができる可能性が生まれる。その場合、「百聞」の内容は一つの「仮説」を構成し、「一見」によって裏付けられるという構図になる。

ドイツ人は、几帳面で、整理好きで、頑固で合理的な判断をするという。我々の中にそんなイメージがある。ドイツに行ってきた人は街のきれいさを話す。撮ってきた写真を見ると「なるほど」と、うなずける美しさがある。しかし、ドイツに行くまでの私にとって、人から聞いたり本で読んだ話や、また見せて貰った写真から受ける印象は、一つの仮説的命題でしかない。

写真一つとっても、それはちょうど観光地の絵はがきのように、うってつけの街並みのきれいなところを切り取って写したのかもしれない。「合理的な判断をする人類である」と言っても、その著者が接触したドイツ人が、たまたまそうだったのかも知れない。だから外国の紹介記事を読むときも、それを書いた日本人がその国でどんな生活を、どのくらいの期間経験した人で、どんなキャリアを持つ人か、念頭に置かなければならないと考えている。それは、統計調査データを読むときに、その母集団が何で、どんな方法で、誰が行った調査かを確認するのに似ている。

私のヨーロッパ旅行報告も、正味十二日という短期間の見聞でしかないことを断っておかなければならない。でも、私にとって今回のヨーロッパ訪問は、短期間であっても「仮説」が一つひとつ裏付けられていく感動のプロセスであったのである。

2. 訪欧のきっかけ

ケルン・フェアやハウスウエア・ショウなど、海外の電気器具や家庭什器の見本市を見てきた人の話はよく聞く。でも、今回はケルン・フェアに行かれたAさんの話を聞いて、初めて海外での見本市が頭に焼き付いた。要するにドイツの電化器具、例えば洗濯機を見ると、長い歴史の積み重ねの上にあり、家庭設備として生活に深く根を下ろした商品になっているということである。

洗濯機の洗浄方式の主流は、アメリカが攪拌タイプ、ヨーロッパがドラムタイプ、日本が噴流タイプと別れているが、そのいずれであれ、ドイツの洗濯機を見ると、材質、堅牢な造りは、一生、あるいは子どもの代まで使う設備としての要素を持っているというのである。もし日本で同じものを作ろうとすると、三倍、一歩譲って量産効果を見積ってみても二倍のコストはかかるであろうとも言う。

今まで、いわば「欧州型消費行動」を漠然と考えて、アメリカに行かなくともヨーロッパは見ておきたい気持ちだったが、この話を聞いてさらにケルン・フェア行きが刺激されることになった。

3. モノを大切にするドイツ人

今回のケルン・フェア見学コースに、家庭訪問が加えられた。ドイツでは二世帯の予定だったが、一世帯だけになったのは残念だった。しかし、一世帯だけでも現地の市民生活をかいま見ることができたのは収穫であった。

その一つ、デュッセルドルフ西郊外のKさん宅で、一八七八年に買ったというオーストリア製の応接セットを見たときは「なるほど、これだ！」という感動を覚えたものである。それが由緒ある家ならともかくKさんの家庭は、ごく普通の市民なのである。

ドイツ人はモノを大切にすると言われる。では日本人はどうなんだろうか。共に第二次大戦に敗れ、世界が目を見張る経済復興をとげた日本とドイツ。それなのにどっかで違っている。その一つがモノに対する考え方といえよう。

ケルン・フェアの話を聞いた頃、神戸の「風見鶏の館」が記念館として発足するに際し、かつてその館に住んでいたドイツ人の娘さん（七九歳）がドイツでその話を聞き、一組の家具を寄贈した、というニュースを思い出した。その家具というのが、以前風見鶏の館で使っていて、ドイツに持ち帰って使っていたものだというのである。ということは、かれこれ百年かそれ以上になっていると考えられる。このように、ドイツ人の物持ちのよさはいったいどこから来るのだろうか。

4．ある日本人青年の願い

ケルンでは、現地旅行代理店から派遣されたOさんという日本人青年が案内に当たってくれた。彼は、現地案内や通訳などでアルバイトをしながら、ルール大学で博士号をとるため勉強中である。愛知県出身で八年前にドイツに渡って、まだ独身。ドイツ語が堪能なので、日本のテレビ局など現地取材の時は引っ張り出されるという。

近い将来、奈良の古美術の展示会をやって日独の文化交流に役立てたいともいう。このO青年が、デュッセルドルフの我々の宿舎から見本市会場に通う最後の日、バスの車中でこんなことを話してくれた。

「見本市会場でドイツ製品を見て、きっと日本と違うところに気づかれたに違いない。見本市オープンの日に通訳として立ち会ったが、質問に対し、あるドイツメーカーの答えに『機能と美しさを大事にする心で製品をつくっている』という言葉があった。このパーティには、デザイン担当者が多いと聞いたが、目先のものを追わず、長い目で得になるものを求めるドイツ風土の上に、製品が作られている点に目を向けて、今回の見本市見学が生かされることを期待したい」。こんな趣旨のことを言って「生意気なことを言ってすみませんが……」と締めくくった。

我々はモノを見るときに表面的現象にとらわれて、とかくそれがよって立つ背景を忘れがちである。だから製品を見ても、その部分的デザインや技術から学ぶことに心を奪われがちである。結果、モノマネでしかないことになる。それも必要な時もあるかもしれない。しかし大切なことは、現象を支える精神的、歴史的、生活的背景から掘り起してみる目を忘れてはならないと思う。

「ドイツ人が長い目で見て物を評価し、ものを大事にする国民であることには同感だが、その精神はどこから生まれてきたのか。Oさんの八年間のドイツ生活で気づいたことがあったら教えてほしい」と尋ねたが、これに対する明確な答えは、過去に出ているいろんな報告でも見られないように、Oさんからも聞くことができなかった。

5．日本にも物を大事にする風土があった

ドイツ人の物を大事にする精神風土はどこから生まれたのだろうか。それは宗教的なものか。ものは神から与えられた賜物という感覚があるとすれば、それも一つであろう。よいものを買うのが結局得になるといった経済的観念からだろうか。それもないとは言えない。歴史的にヨーロッパ特有の戦乱の中に育まれてきたものだろうか。あるいはまた単なるアンティーク志向なのか。

考えてみれば、日本にも物を大切にする風土はあったのである。「もったいない」と

いう感覚はその象徴ではないか。昔は箪笥は桐材ものが最高で、娘が嫁に行くとき削り直して持たせてやったという。着物もそうで、よいものを買って、染め直し仕立て直して娘に、嫁に伝えたのである。

先に述べたように、日本とドイツは、いずれも第二次大戦で敗れ驚異的な復興をとげたといわれる。戦前までは共通した「物を大事にする感覚」を持っていたのが、どうやら戦後を契機に、両国は右と左に分かれてしまったような気がする。

6. 日本とドイツはどこですれ違ったか

日本では、戦後高度経済成長時代の到来とともに、「消費は美徳」意識が吹きまくり「もったいない」という言葉が色あせてしまう。「もったいない」と言おうものなら「それは昭和ひと桁以前の感覚だよ」と一種さげすみの感情をこめてさえ言われる。電気製品も家具も車も「耐久財」とは名ばかりで、次々に新しいデザインのものが発売されるのにつられて買い替える。今ではストックである家さえもフロー化してしまった。

戦後の日本経済は、アメリカ・マーケティング主導型であった。日本とドイツの差はそこから来るのか。もしそうだとしても、それを受け入れるかどうかの国民性の差ということになる。

日本人のなんでも受け入れる順応性の高い精神的風土によるのか。その結果が、日本古来から受け継がれた美徳を放棄し、次々にやってくる外来の物、思想、価値観を素直に受け入れる結果になったのだろうか。ドイツを訪れた人々は、戦後の復興が同じと言いながら、どうしようもない日本との差を感じて帰ってくるのは、ここにあると思うのである。

7. GNPの高い貧しい国・日本

最近東欧を視察して帰った財界首脳が「この年になってつくづくGNPに疑問をもった」と語っている記事が目についた。新聞の小さなコラム欄に載ったこの言葉は、東欧と日本の住宅を比べての述懐である。土地が国有になっている東欧は住宅事情がよく、日本の住宅の貧困さを振り返って、GNPを誇っていた気持ちがペシャンコに萎んでしまったらしい。

私は東欧の事情は分からないが、ドイツやフランスの住宅を見て、やはり同じような感慨を持ったものである。西欧は東欧のように土地は国有ではないが日本との差は歴然である。

日本で家を建てようと思うと、土地の購入に予算の七割を使い果たしてしまうので、残り三割の予算では貧弱な家や設備しかできないのが実情だという。それも土地空間がほとんどない住宅になってしまう。ところがドイツでは、同じ予算でも、土地が安いから日本とは逆で、予算配分が土地に三割、家に七割となる。この差が生活の豊かさを左右するのは当然である。

8. こんなに違う住宅事情

デュッセルドルフ郊外のKさん宅は五人家族（息子さん二人が大学で外に寄宿しているから現在は夫妻と娘さんの三人）であるが、一、二階合わせて居住面積がほぼ一七〇㎡あった。一階は、キッチンこそ六畳間ぐらいのこじんまりした空間だったが、L字型に連続したリビングルームは、約五〇㎡ある。

ちなみに、大阪堺市に住む五人家族の我が家（公団分譲三DK住宅）の居住面積は、Kさん宅のこのリビングルーム一つの広さしかない。この広さに三部屋とダイニングキッチンとトイレと浴室、玄関を仕切ったのが我が家（約四九㎡）なのである。あちらの人が聞いたらどんな生活しているのだろうと不思議で想像もつかないに違いない。

Kさん宅には、更に地下室があり、そこには洗濯室、一一〇㍑の重油タンク三個を並べた給湯、暖房用の動力室、アイロナーや作業台、それから休憩用のベットなどを配置した家事室、物置部屋などがある。これら各室一三〜一五㎡ある。これがドイツでは中流のやや上の家庭だという。驚きである。

9．フランスの新婚世帯住宅

フランスでは、パリ郊外のいわばフランスの公団住宅に住んでいるBさん宅を訪問した。居住面積は九八㎡だという。Bさん夫妻は新婚で、生まれて間もない赤ちゃんと三人家族である。日本の公団住宅はごく最近まで、新婚世帯向け住宅が1DK〜2K（三〇㎡前後）であったことを想い起こさずにはおれなかった。おまけにBさん宅は、地域給湯・暖房が完備しているのである。日本だったら、とても新婚世帯が入れない高い家賃になるだろうと思う。

先進国のうち、住宅事情の悪さは日本の右に出る国は無いという不名誉な話はよく見聞きするが、それを自分の目で確かめていく過程で、どうしようもない日本の貧しさを感じてしまう。

10. 言われても仕方のない「ウサギ小屋」

このレポートを書いているとき、ウサギ小屋論争が起こった（一九七九年）。この言葉は、七七年に日本市場の閉鎖性を非難したEC委員会の「対日内部文書」の中にあったもので、日本人を「ウサギ小屋並みの家に住んでいる仕事中毒」と決めつけたことが取り上げられたものである。慌てた外務省は「我が国の本当の事情が分からないままに、感情的な評価をしている部分が多い」と反論。その後、デンマーク外相も「品位にかけた表現」と批判した。

しかし「ウサギの飼育箱より劣悪な生活環境置かれた日本人」という表現が、いささか感情的な面があったにしても、かなり実情を突いていると思うのは私一人ではないであろう。

〈注〉ちなみに、訪欧見聞が刺激になったわけでは無いが、我が団地（住宅公団分譲五階建て十六棟四一〇戸）は、この年、管理組合が「居室増築推進案」を可決し、その四年後には、日本で注目された公団分譲住宅の五棟一三〇戸の二部屋増築実現に成功した（増築前約四九㎡、増築後約七五㎡）。

11．都市計画というけれど……

国際会議から帰国したある役員が、「上空から見た日本の家並みは、ＥＣ委員会の指摘を待つまでもなく、マッチ箱のような家が並び、とても都市とは呼べない。その点、狭い土地でうまく問題を解決しているのがシンガポールだ」と語ったという。

日本の住宅を「マッチ箱」で表現する例はよくあるが、私からすれば、マッチ箱を積み上げ、バシャッと踏みつぶした後の感じで、東京が近づくにつれて上空から見る都市の状態は、向こうの都市とはあまりにも違うことを思い知らされ、一種のショックを受けたことを告白せざるを得ない。ドイツ、フランス、デンマークの上空から見た都市の秩序に比べると、日本の都市はまさに好対照である。

ドイツの街並み、アパート街は高さが一定し、両隣とのすきが無いように建てられているから、調和を損ねるような建物を建てようがない。道路に面した建物のおもてづらも、凸凹が無くすっきりしている。

パリでは、ドゴール空港から都心に入る途中に見る北部周辺の街並みは、かなり雑然としており、日本に帰ってきたのかと錯覚を起こさす地域もあるにはあった。ドイツからフランスに入ると広告が急に多くなるせいもあったかもしれない。しかし都心部の街並みはさすがに美しい。パリの街は全体が一つの公園のようなたたずまいで素晴らしい。デンマークでは、上空から雲間に見た郊外の住宅地が、ゆったりとした空間に規則的に住宅が配置された雪景色が印象的であった。

ヨーロッパのこの都市の秩序は何から生まれるのか、明らかに都市計画の差である。どっかの国のようにスプロール化を野放しにしてしまうことは無いのだろう。日本には「都市計画」という言葉はあっても、実態はないのである。

12. 日本と違うショウ・ウインドウ

ドイツの商店の閉店時間は早い。戦後一九五七年の「閉店法」で、平日は五時まで、土曜日は午後二時までとなっている。銀行は土曜日も休みで、ハンブルグで午前中は開いているだろうと考えたのが失敗で、結局マルク交換に駅まで出かけるハメになった。(「閉店法」は八九年などの改正でかなり緩和されているという) ちなみに、閉店法立法の趣旨は、次の三つという。1．宗教的・文化的背景、2．労働者保護、3．小規模小売店保護等。

商店が閉まれば、ショッピング・ストリートが淋しくなるのは当然である。ところが、土曜日夕方のケルン商店街ホーエシュトラーゼやシルダーガッセは、結構賑やかであった。夫婦や家族でショウ・ウインドウを覗きながら歩く人通りである。

日本と違うのは、ショウ・ウインドウの大きさ・広さと、そこに並べてある品物の豊富さである。例えば電気店、日本では申しわけ程度に小物商品を並べてお茶をにごすが、向こうは洗濯機から電子レンジと、店内の主要機種を持ち出したように並べるのである。衣料店でも同じで、品物豊富なウインドウを見れば、値段票も大きく付けてあるから、購入候補製品を絞ることもできる。

日本のショウ・ウインドウは、いわば客を店内に導く設備なのに、向こうは客の購入決定を誘導するための仕掛けなのである。だから「ウインドウショッピング」の概念も異なる。日本はショウ・ウインドウを覗いてひやかす行動を言うが、向こうはまさにいつの日かの購入のための予備行動と言える。

また、日本では昼に飾っていた高額品を店内にしまい込んだり、ウインドウのシャッターを閉じて盗難に備えるが、向こうは逆に夕方になると、ショウ・ウインドウに商品を並べ替える貴金属店さえ見られた。

日本はスペースコストが高く、ショウ・ウインドウを広く取りにくいことも分からぬでもないが、ヨーロッパの店の方がコンシューマー・オリエンテッド（消費者志向）であると言えよう。

13．ボンへ行って「都市」を考える

ボンは静かな小都市である。人口三〇万と聞くと、これが西ドイツの首都かといぶかるのは当然である。第二次大戦後、東西ドイツになり、孤立したベルリンに代わって首府になったのだが、西ドイツは各州ごとに徹底した自治が行われているので、国家行政を集中するのに必要な施設はあまり必要ないのかもしれない。でも近年は外国公館の集まる街に政府関係のビルなどが建ち、近代的街づくりが進んでいるという。

ボンに降りたった印象は、静かな田舎街といった感じそのものである。駅からすぐ近くに一二世紀のロマネスク風のミュンスター寺院の塔がそびえ、その近くにボン大学がある。大学前のホーフガルテンは一面に雪を敷いて大きな広場の感じで、木々が緑をつける季節にはさぞきれいだろうと想像する。ホーフガルテンを横切って東へ石畳の街路を下って行くと、ふと湖かと思わせる巨大なライン川が広がる。川沿いのプロムナード

は、春になると花壇の花が美しいという。冬の今は人通りもすくなく、ライン下りの船も通わず、ときおりフェリーが激流に流されるように通るだけで静かである。

14・秩序と伝統を重んじる街並み

対岸の街は、ヨーロッパ風の建物が並んで、教会の塔を除けば飛び出た高さの建物が無く、ライン川の自然に溶け込んで、心を和ませてくれる。冷たいコンクリートの街並みではこんな感慨は起こらない。

もちろんコンクリートの高層ビルが無いわけではない。郊外には中高層集合住宅の建築も進んでいる。でも秩序と伝統を重んじるヨーロッパでは、人間が住む街、人間の心を育む都市はどうあるべきかを考えて計画しているように思う。

ボンにはベートーベンの生家が、そのままベートーベンハウスとして残っている。生家でしかも記念館というから、すぐに見つかるだろうと思っていたら予想が外れ、なんの変哲もないアパート風の街並みの一画であった。

狭い階段を上ると、屋根裏のような部屋に、古いピアノやバイオリン、楽譜などベートーベンの遺品が陳列してある。じっと目をつぶると、彼の時代の雰囲気がただようかのような厳粛な感慨を経験する。素朴な姿をそのままに、記念館らしくない記念館なのが良い（その後、一八八九年に設立したベートーベンハウス協会が、博物館として整備しているという）。

15. コペンハーゲンからハンブルグへ

パリから空路約一時間、機首を下げた上空から見るデンマークは、さすが北欧の一画、白一色で海は流氷に覆われていた。おそらく農家だろう、雲間から見る郊外の家が、真っ白な平野にきちんと垣根で区切られ、整然と並んでいるのが印象的であった。

コペンハーゲンの寒気は厳しかった。マーガレッテ二世の住む王宮での衛兵交代の儀式を見ているときは特に厳しかったように思う。カメラを持つ手が動かなくなるほど冷たい。東北育ちの私にとっても身にしみる冷たさであった。

チボリ公園は四月まで閉鎖され、スウェーデンとの海峡に面して佇むマーメードの像の台にはごっそりと氷がはりついて、人魚はいかにも寒そうであった。

デパートの規模はそう大きくないし、日本と比べたら品物も豊富とはいえない。しかしゆったりとしたスペースで洗練された陳列を見せてくれる。長い冬を過ごす国らしく明るい色の使い方がうまい。

街で買い物をすると、包装紙のお粗末なのに驚く。土産物だと分かっていても包み紙に何の配慮もない。ごそっと一つに包んでくれるだけである。これはフランス、ドイツも共通である。向こうでショッピングすると、日本はほんとうに資源を湯水のように使う国だなと思う。

16・ハンザ同盟都市リューベック

リューベック市はハンブルグから列車で約五〇分、人口二〇万前後の小都市で、バルト海の玄関口の一つとなっている。この街は一二世紀から一六世紀にかけて、ハンザ同盟の盟主として、ロシヤや北欧との交易を一手に引き受けたという歴史をもつ。ハンブルグ滞在中にぜひ訪問したいと考え、ボンに次いで一人旅を計画していた街である。(リューベックは、訪問八年後の一九八七年に世界遺産に登録される)
同行希望者が増えて七人のグループになり、寒波で雪のちらつくリューベックへ向かう。市のシンボルとなっている一四七七年に建てられたホルステン門、一二五〇年に創設されたという市庁舎の重厚な建物など、歴史が一度に六〇〇年も逆戻りしたような雰囲気を味わわせてくれる建築物が多い。船主クラブの館もそう。今はレストランになっているが、一六世紀の船乗りクラブだった建物で、古い木造のテーブルや椅子、天井から吊るされた帆船のモデルなどが在りし日のムード漂う中で飲むぶどう酒の味はまた格別であった。

17. 気さくで親切なおばさん

リューベックからの帰り予定の列車に、あと一〇分もない時間に駅に駆け込み、切符を買おうと思ったらさあ大変。出札口で七人分の切符を買おうとしても売ってくれない。別の窓口に行けという。急いで言われたカウンターに行ったが、発車まで時間が無いからもうだめだという。万事休す、と思ったら、たまたまそばにいたおばさんが、盛んに駅員を説き伏せてくれ、駅員はしぶしぶA4判ぐらいの「Gruppenfhrshein」と記した書類を作ってくれる。

どうしてこんなややっこしいことを、と思って後で調べたらグループ券で割引きがあり、駅員としては親切のつもりだったのである。急ぎなら一人一枚づつ買えばよかったものを、代表して七人分買おうとするから特別窓口で割引券を作ってもらいなさいということだった。

それにしても、親切で気さくなエルスおばさんがいなかったら時間まで帰れなかったわけで、大助かりだった。気さくなおばさんといえば、ケルンでは、私たちが写真を撮っていたら、にこにこ顔で寄ってきて私の肩を抱いて自分も一緒に入るという。外国の旅人に楽しい思い出になる、おもてなしの一つの仕方を教えてくれたように思う。

あとがき

その時々の考えをメモのように記した「随想の籠」だったが、出版の話になったので、手軽に手に取って読んでいただけるよう努力したつもりです。結果は果たしてどうですか。読者皆様のご意見をいただけると幸いです。

介護保険のお世話にもならず、一応と言うべきか、健康で平均寿命を超え、米寿を迎えた今ある自分は、多くの方々からのご支援・ご教導によるものであることを、心底感じておるところです。そのご厚情に、この紙面を借りて深く感謝いたします。

昭和一桁台の方が亡くなられるニュースに接した時、そうだ自分もその年だったんだ、と思うぐらいうっかりしている自分に気がつきます。同時に生かされているという思いを強く感じ、その意識もこの出版を後押ししました。初めての自費出版経験なので、出版社の大杉さんにはすっかりお世話になりました。「人生経験が凝縮された文章なので、お知り合いに配られるだけでは、もったいない」との過分の評価もいただき、流通の経験もさせてもらうことになりました。ありがとうございました。

大江 正浩（おおえ まさひろ）

山形県鶴岡市出身、1932年生まれ。
同志社大学法学部卒。
㈱市場調査社、㈱ソーシアルサーベイシステム
（マーケティングリサーチ＆コンサルタントに従事）
〈現在〉
校区福祉委員会顧問
堺民友会会長（民生委員・児童委員OB・OG会）

考える ―視点を変えると、違った世界が見えてくる―

2020年4月21日　第1刷発行

著　者　大江正浩
発行人　大杉　剛
発行所　株式会社 風詠社
〒553-0001　大阪市福島区海老江5-2-2
大拓ビル5-7階
TEL 06（6136）8657　https://fueisha.com/
発売元　株式会社 星雲社
（共同出版社・流通責任出版社）
〒112-0005　東京都文京区水道1-3-30
TEL 03（3868）3275
印刷・製本　小野高速印刷株式会社
©Masahiro Oe 2020, Printed in Japan.
ISBN978-4-434-27436-7 C0036

乱丁・落丁本は風詠社宛にお送りください。お取り替えいたします。